凹凹的希望
喵生很美好吧！

Part 7

1　希望拉拉葛格喜歡我 ·146

2　我認真工作賺罐罐 ·148

3　我是天生的魔法師 ·150

4　我每天都充滿靈感 ·152

5　我努力賣萌，讓世界更美好 · · · · · · · · · · · · · · · ·154

6　又過一年了，每年都熱熱鬧鬧，團團圓圓 · · · · · · ·156

7　財神貓到～希望大家都有吃不完的罐罐～ · · · · · · ·158

8　我每天都努力練習拿金牌！ · · · · · · · · · · · · · · · ·160

9　聖誕節是祝福的節日～ · · · · · · · · · · · · · · · · · · ·162

10　我們的朋友 ·164

Do IT Yourself ·166

讀者回函 ·169

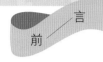
貓奴康康遇上摺耳貓凹凹

　　三年多前貓奴的一個好朋友新認養了一隻貓咪——小夏，原本要等小夏熟悉環境後再帶去結紮，沒想到某天小夏突然在朋友的床底下生了兩隻小貓，當時我們都嚇到了！因為小夏身形很瘦小，連寄養的中途之家也不

喜歡你

歡迎進入
凹凹的小宇宙

AO
AO

圖・文／康康（凹凹的貓奴）
主演／凹凹

目錄

前言｜貓奴康康遇上摺耳貓凹凹 · · · · · · · · · · · · · · · · · · · 008

凹凹和她的兄弟姊妹 · 010

凹凹是一隻摺耳貓

Part 1 想逃避的時候就裝扮一下吧！

1　我有大大的兔子耳朵 · 016

2　我是一個可愛的意外 · 018

3　甜甜的我，不可以吃喔！ · · · · · · · · · · · · · · · · · · · 020

4　我是一朵小花 · 022

5　馬麻幫我做了一個很醜的生日蛋糕，我真的不知道
　　該說什麼 · 024

6　長得太可愛也是很煩惱的，哎～ · · · · · · · · · · · · · 026

7　熊熊是我們的好朋友 · 028

8　我又長高了耶！ · 030

9　彩虹好美喔～ · 032

凹凹是一隻乖貓咪

Part 2 像貓一樣懶洋洋的最幸福了

1 下雨天涼涼的，睡個香蕉小午覺 · · · · · · · · · · · · · 038

2 馬麻，生日快樂！ · · · · · · · · · · · · · · · · · · · 040

3 夏天的時候，我喜歡在窗邊看樹在跳舞配西瓜，感
  覺好舒服 · 042

4 下雨的時候，我也喜歡在窗邊聽雨的聲音，好像我
  在水裡游泳 · 044

5 我是全家的小寶貝 · · · · · · · · · · · · · · · · · · · 046

6 肉球是我的時尚配件 · · · · · · · · · · · · · · · · · · 048

7 睡美容覺是很重要的 · · · · · · · · · · · · · · · · · · 050

8 我喜歡選一個窗邊的位子，來一杯卡哺區弄～ · · · · 052

凹凹喜歡吃

Part 3 喵生除了吃，還有更幸福的事嗎？

1 我要努力吃垮馬麻！ · 058

2 我有好多肉泥，吃都吃不完 · · · · · · · · · · · · · · · · · 060

3 池上雞腿最好吃～ · 062

4 手手超級好吃 · 064

5 馬麻說我和蛙蛙姊姊很貪吃，是小豬姊妹 · · · · · · · 066

6 草莓的季節 · 068

7 中秋節當一隻玉兔吃月餅 · · · · · · · · · · · · · · · · · · · 070

8 我最愛吃魚魚 · 072

凹凹最愛拉拉葛格

Part 4 全世界都愛我，但我只要拉拉葛格愛我就好了

1 拉拉葛格幹麻，我就幹麻 · · · · · · · · · · · · · · · · · · · 078

2 拉拉葛格好重喔，我的脖子都快斷了！ · · · · · · · · · 080

3 拉拉葛格好好躺喔～ · 082

4 拉拉葛格唱歌，我跳舞 · 084

5　有拉拉葛格在，睡覺覺做好夢 · · · · · · · · · · · · · · · 086

6　拉拉葛格比我還要調皮 · · · · · · · · · · · · · · · · · · · 088

7　不給糖，就搗蛋！ · 090

8　禮物的季節 · 092

9　過新年，你一顆，我一顆，大吉大利 · · · · · · · · · · · 094

凹凹的日常

Part 5　馬麻是我的忠實粉絲，走到哪拍到哪！

1　吼～我是最厲害的獵人 · · · · · · · · · · · · · · · · · · · 100

2　阿達一族凹 · 102

3　父親節我幫把拔去上班 · · · · · · · · · · · · · · · · · · · 104

4　好喜歡做瑜珈喔～ · 106

5　一點點動靜都逃不過我的耳朵 · · · · · · · · · · · · · · · 108

6　我有飛天掃把 · 110

7　我最喜歡玩水水！ · 112

8　鴿董來了 · 114

9　孵小雞 · 116

凹凹眼裡的同伴

時而相親相愛，時而孤獨一下

Part 6

1　蛙蛙姊姊愛漂亮，喜歡梳梳、戴漂亮的項圈，但常常突然石化 ‥‥‥‥‥‥‥‥‥‥‥‥‥‥‥‥‥122

2　阿公整天都在睡覺，但其實都在假睡 ‥‥‥‥‥124

3　蛙蛙姊姊以前不叫蛙蛙，她在菜市場流浪，現在在家兇巴巴 ‥‥‥‥‥‥‥‥‥‥‥‥‥‥‥‥126

4　我喜歡黏在拉拉葛格身邊，可是他說有時候想一隻貓靜一靜 ‥‥‥‥‥‥‥‥‥‥‥‥‥‥‥128

5　蛙蛙姊姊現在住在自己的房間，早上會出來到處探險 ‥‥‥‥‥‥‥‥‥‥‥‥‥‥‥‥‥‥130

6　阿公喜歡玩礦礦 ‥‥‥‥‥‥‥‥‥‥‥‥‥132

7　我有時候分不清楚蛙蛙姊姊跟青蛙 ‥‥‥‥‥134

8　阿公好像自己過得很悠哉，都不想理我們 ‥‥‥136

9　蛙蛙姊姊的手手有一個愛心 ‥‥‥‥‥‥‥‥138

10　阿公雖然很老，但有時候會穿雪靴、和女朋友河河約會 ‥‥‥‥‥‥‥‥‥‥‥‥‥‥‥‥‥140

知道小夏原來早就懷孕了，後來在朋友悉心照顧下兩隻小貓漸漸長大，發現兩隻小貓都是摺耳貓，朋友不放心將他們送養，所以就和貓奴一人留下一隻小貓，於是凹凹就來到貓奴家成為拉查花家中最小的妹妹。

其實像凹凹這樣，耳朵摺下來、小小短短被稱作「摺耳貓」的貓咪，雖然很多人覺得很可愛，但可愛的背後卻是用健康換來的。因為軟骨發育不全讓他們的耳朵下垂，卻因此容易造成骨頭增生，必須承受身體上的痛苦，以及免疫力缺乏、心室肥大等疾病的風險，嚴重的甚至會導致癱瘓。因為是基因缺陷無法治療，一旦發病只能盡量減緩他們的疼痛，要避免這種情況發生，最好的方法就是不要繁殖和購買摺耳貓喔！

凹凹和她的兄弟姊妹～～

 ## 貓奴康康

多年前在自家樓下被查理堵到後，
就被這種世界可愛的生物給迷惑住，
後來陸續又認養了拉拉、蛙蛙和凹凹，
四隻貓咪就在「拉查花」天天上演可愛日常，
也成為康康創作的靈感來源，
用畫筆描繪四貓的專屬個性和生活點滴，
希望看到畫作的人會覺得可愛而暖暖一笑，
也希望更多人喜愛動物、關心動物。

 ## 拉拉（男生、13 歲）

外型俊美文青般的黑白長毛貓，
拉拉的日常跟毛色一樣呈現對比，
大部分的時候自帶柔焦充滿仙氣，
心情好就發呆、睡覺、關心貓奴、照顧妹妹，
但偶爾會突然路倒露肚變酒醉大叔，
心情不好就叫囂、打架、
咬貓奴、踢妹妹，難以捉摸。

凹凹（女生、4 歲）有三位哥哥姊姊，粉絲團「拉查花」就是哥哥姊姊的名字所組成的。

蛙蛙（本名花花，女生、14 歲）

小時候在菜市場長大，
後來和人類一起生活了一段時間，搬過幾次家，
最後才來到貓奴家定居，
個性潑辣霸道愛吃醋，
柴魚肉泥、地盤奴隸什麼都要搶第一，
熱愛貓奴的浮誇式撒嬌讓人好笑又融化，
時常石化也讓蛙蛙
穩坐第一ㄎㄧㄤ貓寶座。

查理（男生、19 歲）

小字 2 歲多在路上遊蕩遇到貓奴，
來到貓奴家開始訓練貓奴的奴性，
一直到現在已經是 19 歲的貓阿公了，
個性始終固執傲嬌，
即使撒嬌也一臉氣噗噗，
每天都有自己的 SOP 要走，
吃飯、喝水、睡覺、巡邏、踩河河，
一樣都不能漏掉。

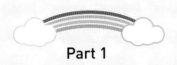

Part 1

凹凹是一隻摺耳貓
想逃避的時候就裝扮一下吧！

身為自家貓咪們的馬麻兼重度頭號粉絲，

總是偶爾會忍不住幫貓咪們

穿上可愛的造型拍照，

來慰勞一下自己每天鏟屎的辛勞 XD，

自從凹凹加入我們家後，

更發現凹凹對戴項圈、

頭套甚至穿衣服大多都不排斥，

穿著衣服也能自在的吃飯睡覺玩遊戲，

所以後來看到可愛的貓咪服飾

就忍不住想買給凹凹，

凹凹現在還有一個自己

滿滿服裝配件的衣櫥喔。

1

我有大大的兔子耳朵

：原來耳朵這麼重……

2

Happy Mother's Day!

我是一個可愛的意外

：馬麻說遇到我是一個意外，可是是她遇過最可愛的意外。

3

甜甜的我，不可以吃喔！

：馬麻心情不好的時候，我就去跟她撒嬌，
她就會笑笑的說我跟糖果一樣甜，但是
我不可以吃喔！

我是一朵小花

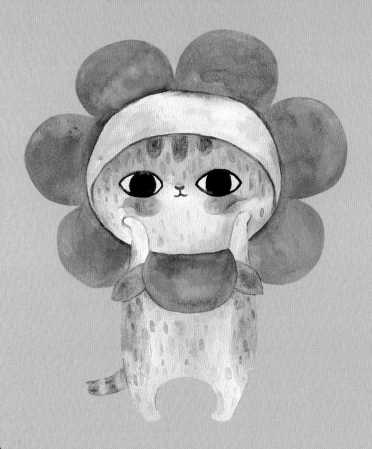

：只要好好愛（餵）我，我就會
是最美的一朵小花。

馬麻幫我做了一個很醜的生日蛋糕，我真的不知道該說什麼

：所以我就吃掉了……

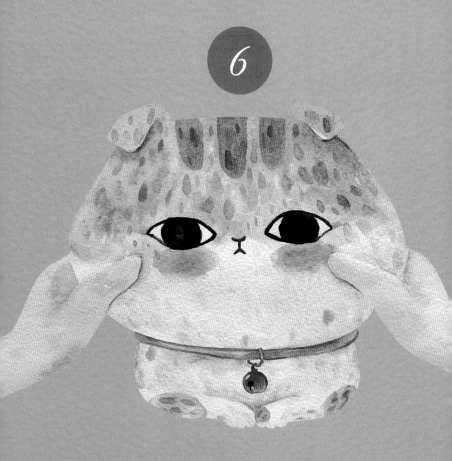

長得太可愛也是很煩惱的，
哎～～

：人類很愛吸貓，真受不了！

7

熊熊是我們的好朋友

●● ：除了我還有好多可愛的動物～
　　要好好愛護我們山上的熊熊喔！

8

我又長高了耶！

：凹凹的身形沒有極限，可以縮成小小
　　　一坨，也可以伸得好長好長。

9

彩虹好美喔～

：所有相愛的生命，都應該
要在一起。

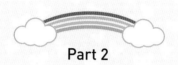

Part 2

凹凹是一隻乖貓咪

像貓一樣懶洋洋的最幸福了

凹凹的生活很簡單，
白天喜歡在窗邊躺著等鴿子來，
晚上就躺在家裡一邊發呆，
一邊等吃飯、等玩遊戲，
貓窩、沙發、地板整個家都是凹凹的床，
有時候工作到一半，
回頭就看到一條長長翻著肚肚的
凹凹躺在路中間，
真的很好笑、很可愛，
瞬間也被凹凹悠哉的模樣感染，
工作的煩惱都暫時消失了。

1

下雨天涼涼的，
睡個香蕉小午覺 ᶻᶻ

：貓奴買的東西凹凹都很捧場，每次看到
新買的香蕉貓窩裡躺著一根凹凹蕉，就
忍不住笑起來。

馬麻，生日快樂！

：生日那天起床，正在納悶凹凹怎麼沒在床上一起睡，走到客廳就看到凹凹一臉「吃我吧！」的臉，窩在水果塔貓窩裡，這是貓奴收過最貼心可口的生日蛋糕了 XD

3

夏天的時候，我喜歡在窗邊看
樹在跳舞配西瓜，感覺好舒服

：凹凹真的是冬暖夏涼的好貓咪。

下雨的時候，我也喜歡在窗邊聽
雨的聲音，好像我在水裡游泳

 ：凹凹從小就好喜歡看雨，第一次看到雨的時候超
興奮的在窗台跑來跑去，想追窗戶上的雨滴，現
在長大了（有嗎？XD），也喜歡下雨天，會靜
靜的在窗邊看雨，當一個文藝少女。

我是全家的小寶貝

：凹凹雖然常常調皮搗蛋鬧哥哥姊姊們，但哥哥姊姊們似乎都特別讓凹凹，不和凹凹計較。而身為貓奴的把拔、馬麻，也因為凹凹從小比較親貓不親人，所以對凹凹的所有要求都無法拒絕ＸＤ

6 Lucky for me

肉球是我的時尚配件

：貓咪的肉球真的是可愛的不得了。

7

睡美容覺是很重要的

：貓咪一天有三分之二的睡眠時間，
　好令人羨慕啊～

8

我喜歡選一個窗邊的位子，
來一杯卡哺區弄～

：每次看到凹凹悠哉的躺在窗邊看風
景，都很想替凹凹遞上一杯咖啡 XD

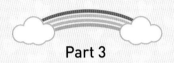

Part 3

凹凹喜歡吃

喵生除了吃，還有更幸福的事嗎？

凹凹吃飯的時候容易分心，

常常吃一半

聽到一點動靜就跑走不吃。

但是如果是魚肉罐頭、

雞肉乾、肉泥這些好吃的零食，

凹凹就超級愛吃，

還會出動可愛的小爪搶著吃。

正餐不吃吃零食，

真的很像小屁孩耶！

我要努力吃垮馬麻！

：凹凹天生就小小一隻長不大，之前還因為體重太
　輕沒辦法結紮，一直到兩歲多才結紮，結紮後也
　才開始長肉，只要貓咪好好吃飯身體健康就是貓
　奴最大的願望了！

La-
Cha-
Hua

2

我有好多肉泥，吃都吃不完

：肉泥真是貓咪的無敵點心，四貓都
超級愛吃的～

3

池上雞腿最好吃～

：偶爾貓奴買池上雞腿回家當晚餐，凹凹就會一直在旁邊盯著雞腿看，隨時想用手手偷雞腿，但是人的食物對貓來說太鹹了，所以貓奴總是要一邊吃晚餐一邊努力擋著凹凹的小偷手！

4

手手超級好吃

：馬麻說我看起來好好吃，害我自己
都忍不住舔舔看。

5

馬麻說我和蛙蛙姊姊很貪吃，是小豬姊妹

popsicle

：每次拿出零食或好吃的罐頭，相較於查理、
拉拉兩位男貓頂多喵喵叫稍微催促，這對
吃貨姊妹都是超激動直接搶著吃。

6

草莓的季節

✓ 光有可愛的外表

✓ 只知道享樂

✓ 抗壓性極低

✓ 遇到挫摺就崩潰

✓ 被爸媽寵壞

（評語：沒救了）

:看了一下草莓族的特徵，發現這不是跟
凹凹一樣嗎？

7

中秋節當一隻玉兔吃月餅

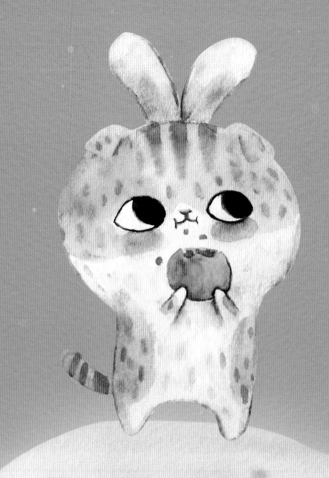

：自從家裡有了凹凹，每次逛街看到有趣的東西都想買回家跟凹凹拍照，餅乾坐墊就忍不住買了兩個回家來做凹凹夾心餅乾。

8

我最愛吃魚魚

：小屁凹吃飯不專心，但是有魚魚
的罐頭馬上就吃光光！

Part 4

凹凹最愛拉拉葛格

全世界都愛我，
但我只要拉拉葛格愛我就好了

凹凹小時候親貓不親人，

剛來到我們家時，

對新環境很陌生害怕，

結束隔離後凹凹開始找三隻大貓當依靠，

但是蛙蛙姊姊不想理凹凹，

查理阿公更是把凹凹當空氣，

只有拉拉葛格會照顧凹凹、幫凹凹理毛，

凹凹從此就超級喜歡拉拉葛格，

不管拉拉在哪裡，

凹凹就愛黏在旁邊。

1

拉拉葛格幹嘛，我就幹嘛

：拉拉葛格說很擠，可是一點都不擠啊～

2

拉拉葛格好重喔，
我的脖子都快斷了！

：拉拉的體型比較大，加上凹凹又剛好體型比較
小，所以拉拉和凹凹在一起都有超萌身高差，
不過有時候也會擔心拉拉不小心把凹凹壓扁了。

拉拉葛格好好躺喔～

：凹凹總是黏著拉拉，有時候拉拉難免覺得不
　耐煩，不過還是敵不了凹凹天真霸道的撒嬌
　攻勢，常常一臉無奈的忍讓凹凹。

拉拉葛格唱歌，我跳舞

：拉拉葛格喜歡在窗邊躺，我也喜歡～

5

有拉拉葛格在，睡覺覺做好夢

：即使大熱天也要跟拉拉哥哥一起躺。

6

拉拉葛格比我還要調皮

：其實拉拉也是一隻年紀和體型都比較大的大屁貓，偶爾會追蛙蛙、咬查理、欺負凹凹，蛙蛙被嚇到只好隔離，查理被咬氣噗噗，但是凹凹雖然被拉拉咬會不開心，卻沒隔幾秒就又跑回去找拉拉葛格撒嬌，即使被欺負也喜歡拉拉葛格。

不給糖，就搗蛋！

Happy Halloween

：萬聖節我演鬼鬼，拉拉葛格演南瓜
帶我去要糖。

Merry Xmas

8

禮物的季節

：每年的聖誕節，我們打扮很可愛，
還有很多禮物和祝福。

過新年，
你一顆，我一顆，大吉大利

大吉大利

：我有兩顆橘子，就會分拉拉葛格一顆。

Part 5

凹凹的日常

馬麻是我的忠實粉絲，
走到哪拍到哪！

凹凹每天都有演不膩的搞笑日常和賣萌橋段，

拍都拍不完，

沒事躺著也一臉無辜可愛，

讓人不拍不行。

常常拍到手機沒電拿去充電，

結果才充電不到一分鐘，

凹凹又一個完美秀肉球的 pose，

或是華麗翻肚的慢動作，

貓奴只好再拔下充電線，

繼續幫凹凹拍照拍到手機沒電才能罷休。

1

吼～我是最厲害的獵人

：凹凹已經四歲了，但還是非常愛玩，像小朋友一樣。

阿達一族凹

：馬麻說我跟阿達一族的溫辦黛一樣
古靈精怪，還喜歡抓蟲蟲。

3

父親節我幫把拔去上班

：凹凹越幫越忙，結果害把拔加了三天班。

4

好喜歡做瑜珈喔～

yoga

：凹凹是貓奴的瑜珈導師，超難動作
　都輕輕鬆鬆就做到。

5

一點點動靜都逃不過我的耳朵

：好奇的凹凹經常聽到奇怪的聲音，就會站起來東看看西看看專心聽聲音，貓奴常常以為養到狐獴了 XD

6

我有飛天掃把

：愛玩的凹凹常常在家裡飛來飛去的。

7

我最喜歡玩水水！

：凹凹很愛玩水，某次因為查理要做健康檢查蒐集
尿液，蒐集的過程費了一些心思，所以貓奴好不
容易收集到後很開心的在拍照，沒想到拍完回頭
發現凹凹居然在玩查理阿公的尿，凹凹真的是什
麼水都可以玩耶（昏倒）。

鴿董來了

：凹凹很喜歡在窗邊看鴿子，每次看到鴿子就會
發出嘎嘎嘎的聲音，很像在向母星打電報。

9

孵小雞

：凹凹喜歡把手手藏得很好，像是在孵蛋的
小母雞，聽說這是心情很放鬆的姿勢喔。

Part 6

凹凹眼裡的同伴

時而相親相愛，時而孤獨一下

查理、蛙蛙和拉拉因為年紀比較大，

常常整天睡覺不愛玩，

但是超級愛玩的凹凹，

無聊就調皮去弄哥哥姊姊，

結果被哥哥姊姊罵一頓，

才會甘心乖乖坐好，

根本是皮在癢，

不過家裡也因為有了小屁孩所以熱鬧許多。

1

蛙蛙姊姊愛漂亮，喜歡梳梳、戴漂亮的項圈，但常常突然石化

：蛙蛙真的很愛漂亮，只要用輕柔的聲音稱
讚「蛙蛙好漂亮喔～」給蛙蛙穿上什麼都
呼嚕嚕。

2

阿公整天都在睡覺，
但其實都在假睡

：查理阿公年紀大喜歡睡覺睡整天，
有時候還會說夢話。

蛙蛙姊姊以前不叫蛙蛙,她在菜市場流浪,現在在家兇巴巴

：蛙蛙是在七歲多的時候才來到我們家，但
是蛙蛙對貓奴的愛不輸其他貓，超級黏人
愛撒嬌，希望大家在領養貓咪的時候，也
可以多多考慮成貓喔！

4

我喜歡黏在拉拉葛格身邊，可是他說有時候想一隻貓靜一靜

：有時候凹凹又打算黏著拉拉哥哥，走到
拉拉身邊躺下，拉拉卻立刻起身離開，
留下一臉呆萌又無辜的凹凹，想必拉拉
也是有需要自己靜一靜的時候。

5

蛙蛙姊姊現在住在自己的房間，早上會出來到處探險

：有段時間蛙蛙和拉拉開始不合，導致蛙蛙不敢自在
的吃飯上廁所，只好讓蛙蛙隔離在家裡的工作室
內，工作室不會太小，有對外窗可以曬太陽，白天
貓奴經常在工作室內，而且蛙蛙也不介意就乖乖的
住在自己的房間。現在每天早上會讓拉拉和蛙蛙交
換地盤，拉拉到工作室喝水上廁所到此一遊，蛙蛙
也會到客廳和其他房間到處巡邏探險很充實。

阿公喜歡玩礦礦

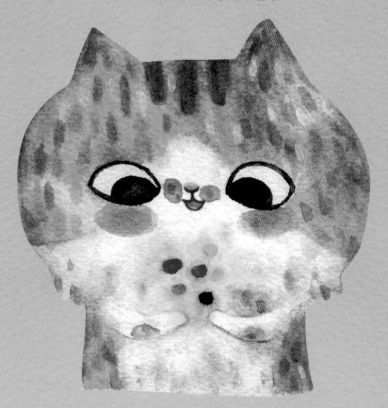

：最近迷上美麗的礦石，聽說很多
貓咪也都很喜歡礦石喔！

7

我有時候分不清楚
蛙蛙姊姊跟青蛙

：蛙蛙常常舔毛舔一半突然當機，
　就變成露出小粉肚的青蛙。

8

阿公好像自己過得很悠哉，
都不想理我們

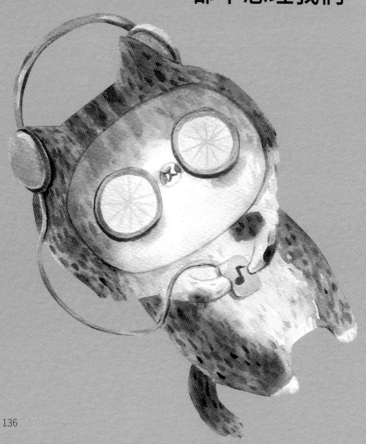

：查理的個性獨來獨往，不喜歡和其他貓在一起，凹凹剛來我們家的時候，更是直接把凹凹當空氣完全沒看到一樣 XD

9

蛙蛙姊姊的手手有一個愛心

：蛙蛙的心中有滿滿的愛要給馬麻，
真的讓人無法不多愛蛙蛙一點。

10

阿公雖然很老，但有時候會穿雪靴、和女朋友河河約會

：查理換算成人類的年紀已經是高齡九十幾歲的阿公了，不過查理的身體還很健康，喜歡喝水，不把情緒放在心上，開心的時候會踏踏他最愛的河馬娃娃，真的是我們大家的模範阿公呢！

Part 7

凹凹的希望

喵生很美好吧！

我是一隻摺耳貓，也是一個意外，

我有開心的時候，也有煩惱的時候。

我愛馬麻就喵喵樂聲討摸摸，

我要安慰就蹭蹭拉拉葛格的脖子，

我要安靜就躺在窗邊等鴿董，

我想冒險就偷打蛙蛙姊姊後腦勺，

我生氣就露出牙齒嚇嚇人，

喵生就是做自己最快樂！

希望拉拉葛格喜歡我

：雖然經過朝夕相處，凹凹從不親人到現在信任貓奴，會跟貓奴撒嬌，也喜歡待在貓奴身邊，但還是比不上拉拉一經過，凹凹就心花怒放馬上邊呼嚕邊投奔拉拉哥哥的懷抱中，留下孤獨心碎的貓奴……

2

我認真工作賺罐罐

：凹凹很愛拍照，對她來說拍照就是在玩，需要貓麻豆的時候，貓奴只要開始準備拍攝的道具，凹凹就會跑到鏡頭前自動當起麻豆，真不愧是專業的麻豆凹凹。

3

我是天生的魔法師

：因為貓咪而去學習了靈氣，原來我們的雙手都有療癒的能力，是與生俱來的魔法。

我每天都充滿靈感

：有凹凹在家，每天都有新鮮好笑的趣事發生。

5

我努力賣萌，讓世界更美好

：常常收到凹凹粉絲的訊息，說看到凹凹
的照片整天不愉快的心情都沒了，真的
很開心單純可愛的凹凹，不只能為貓奴
充電，也為許多人充飽電力。

又過一年了，每年都熱熱鬧鬧，團團圓圓

：每年過年家裡會貼上自己畫的貓咪春聯，除夕夜四貓會一起吃頓好吃的罐頭團圓飯，大年初一就給貓咪掛上紅包沾沾喜氣，覺得一家貓能這樣在一起真的就很棒了！

7

財神貓到～
希望大家都有吃不完的罐罐～

恭喜
發財

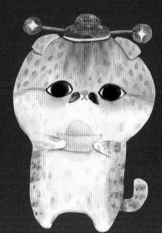：當然有時候也會請演技派的凹凹綵衣
娛親一下 XD

8

我每天都努力練習拿金牌！

：愛玩的凹凹對逗貓棒是沒有玩膩的時候。

9

聖誕節是祝福的節日～

：好喜歡全家一起過節拿禮物喔！

10

我們的朋友

守護石虎

：地球是我們共同的家，希望地球的人類
和我們動物都和平在一起。

Do It Yourself ......

VCV0066

喜歡你 —— 歡迎進入凹凹的小宇宙

作　　者 — 康康
主　　編 — 林潔欣
企劃主任 — 葉蘭芳
美術設計 — 李宜芝

董 事 長 — 趙政岷
出 版 者 — 時報文化出版企業股份有限公司
　　　　　　10803台北市和平西路三段240號三樓
　　　　　　發行專線／（02）2306-6842
　　　　　　讀者服務專線／0800-231-705、（02）2304-7103
　　　　　　讀者服務傳真／（02）2304-6858
　　　　　　郵撥／1934-4724時報文化出版公司
　　　　　　信箱／10899臺北華江橋郵局第99信箱
時報悅讀網 — http://www.readingtimes.com.tw
法 律 顧 問 — 理律法律事務所 陳長文律師、李念祖律師
印　　刷 — 和楹印刷股份有限公司
初 版 一 刷 — 2019年11月29日
定　　價 — 新臺幣350元
（缺頁或破損的書，請寄回更換）

時報文化出版公司成立於1975年，
並於1999年股票上櫃公開發行，於2008年脫離中時集團非屬旺中，
以「尊重智慧與創意的文化事業」為信念。

喜歡你：歡迎進入凹凹的小宇宙 / 康康著. -- 初版. -- 臺北市：
　時報文化，2019.11
　　面；　公分

ISBN 978-957-13-8009-4(平裝)

863.55　　　　　　　　　　　　　　　　　108017772

ISBN　978-957-13-8009-4
Printed in Taiwan

讀者回函
REPLY

讀者資料

姓名：＿＿＿＿＿＿＿＿　性別：□男　□女　年齡：＿＿＿＿＿

地址：＿＿＿＿＿＿＿＿＿＿＿＿＿＿＿＿＿＿＿＿＿＿＿＿＿＿＿＿

＿＿＿＿＿＿＿＿＿＿＿＿＿＿＿＿＿＿＿＿＿＿＿＿＿＿＿＿＿＿＿＿

E-MAIL：＿＿＿＿＿＿＿＿＿＿＿＿＿＿

連絡電話：＿＿＿＿＿＿＿＿＿＿＿＿

貓咪也瘋狂《喜歡你》購書抽獎活動

A▶▶參加辦法

凡購買本書，逐項填妥本回函卡資料（每項都必須填才符合資格）並剪下黏合，寄回時報出版之讀者，即可參加抽獎。

獎品名稱：

獎項一：pidan 雪屋貓砂盆 (白色)，5 名。

獎項二：糖果凹手機氣囊支架，50 名。

B▶▶活動起迄日

即日起至 2020 年 3 月 31 日止，以當日郵戳為憑。

C▶▶得獎公告日

2020 年 4 月 30 日，公告幸運兒 55 名於時報出版大時代線 FB

[f] 時報出版大時代線 🔍 ，並發 MAIL 通知（請務必要留 E-MAIL，才符合抽獎資格）。

※ 時報文化具有審核參加者資格和保留擴大、變更修改或終止本活動之權利，無需事前通知，並有權對本活動所有事宜做出解釋或裁決。

pidan 雪屋貓砂盆

市　　價：1,990 元

產品尺寸：54.8 x 54.8 x 49.25cm

淨　　重：3.1kg

材　　質：ABS

糖果凹手機氣囊支架

市　　價：199 元

產品尺寸：直徑 4 cm，

收合時高 0.7 cm

（最高可拉高到 2.2 cm）

--------------- 對摺線 ---------------

※ 請對折黏封直接投入郵筒，請不要使用釘書機。
※ 無需黏貼郵票。

廣　告　回　信
台北郵局登記證
台　北　廣　字
第 2 2 1 8 號

時報文化出版股份有限公司
10803 台北市萬華區和平西路三段 240 號 3 樓

第六編輯部 大時代線收

mao & kou
select shop

Live with pet better
Mieux vivre avec animal de compagnie

Pidan 獨家代理 ｜ 美好寵物生活

CanCan | Stories Bring About Change